吉田機司の川柳と随想

田中 八洲志 監修
Tanaka Yasushi

昭和28年11月13日
撮影の機司。

新葉館ブックス

左から機司、興一、憲司、機嗣雄、矢田サタ（機司の実妹）。

右から機司、興一、矢田サタ、多輝子夫人、機嗣雄、憲司。

千葉市の自宅前で愛息たちと。

明治

35年　5月20日　福島県いわき市の漁村、中之作に吉田長八の次男として出生。本名・喜司。長八は遠洋漁業と水産加工で町の功労者として知られる。祖父の釣り船でメバルやアイナメ、鯛釣りに出かけた。

大正

9年　3月　旧福島県立磐城中学4年終了。同級生に草野心平。この頃から文芸に興味を持つ。

12年　3月　旧制山形高等学校卒業。国文の授業で同級生が「カワヤナギとはどんなものですか」と質問。佐野保太郎教諭から川柳とは何かの指導を受け興味を持つも、当時は野球に夢中。高校卒業後、病気療養で茨城県龍ケ崎中学の教師を一時担当、野球部長を務めるも持ち前の正義感で上司と対立し辞任。

吉田機司病院前にて愛息たちと。

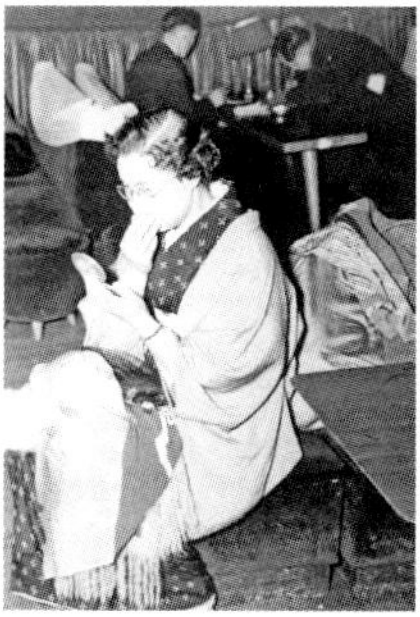

㊨雑誌に掲載されていた吉田機司病院（掲載雑誌不明）。この2階で句会を開催した。
㊧多輝子夫人

昭和

3年　3月　千葉医科大学卒業、内科専攻。医局時代に阪井久良伎（当時59歳）が患者として来院、後に師事。大学時代に趣味の投網を始める。

6年　3月　山田多輝子と結婚。その後、六男の父となる。

10年　12月　医学博士の学位を授与される。

12年　11月　千葉県市川市に吉田機司病院開業、病院長となる。師の久良伎も昭和6年から市川に在住、病院との距離はわずか半丁。ここに千葉県川柳界の開花に至る。また近くに大きな河があり投網（細川流）が1年中出来るから同地を選んだと回想。地域医療に貢献、市川警察署の警察医、千葉商大校医等も務める。市川市八幡の自宅で死去した永井荷風の検死を行なった記録もある。他の趣味は落語、浮世絵、根付、焼き物、

「川柳祭」創刊号とバックナンバー。
合併号を含めて27冊刊行された。

川柳祭社の仲間、古川緑波、徳川夢声、正岡容との共著「川柳の味ひ方と作り方」は昭和22年12月発行。

昭和23年12月号より、
誌名の冠に「ユーモア雑誌」とついている。

昭和

釣り等。

17年 12月『健民教室』刊行。

18年 5月『肺結核の最新治療法』刊行。

20年 4月3日、阪井久良伎逝去（77歳）。主治医を務めた機司が看取り、死亡診断書を書いた。遺言は「飽くまでも江戸時代の伝統から逸脱しないように」。

21年 11月 親交のある徳川夢声・古川緑波・正岡容・吉田機司を同人とする「随筆・川柳雑誌 川柳祭」創刊、売店で販売されるなど話題に。「敗戦後の暗い世相に一服の清涼剤をもたらしたものとして、人いに反響をよんだ」（麻生磯次「吉田さんのこと」）。

22年 12月 古川緑波・徳川夢声・正岡容と『川柳の味ひ方と作り方』（川柳祭社）刊行。以降、千葉新聞、農業新聞、報知新聞、内外タイムス、小

漁師の父を持つ機司の趣味は投網。

昭和32年頃の機司（撮影・田中八洲志）

㊨イギリス出身の文学者・日本文化研究者であるレジナルド・ホーラス・ブライス。
㊧R・Hブライスとの共著「世界の諷刺詩川柳」（昭和25年10月25日発行）。印象的な蛙の絵の装幀は寺田政明。

説新潮などの川柳欄を担当。当時のジャーナリストはその名選句に「機司の前に機司なく、機司の後に機司なし」と嘆じたという。

23年　5月『長生きと若返り』刊行。

24年　11月「川柳祭」終刊。

25年　10月　R・Hブライスと共著で『世界の諷刺詩川柳』刊行。全国に先駆けて千葉県市川市の文化祭に川柳部門を設立。千葉県内初の結社「おもと川柳会」創設、機司も作句指導でサポート。

26年　「川柳手児奈《てこな》吟社」創立主宰となる。自宅や病院を開放して句会場とすることが多かった。柳派の別なく門戸をくぐらせるかたわら、作家や落語評論家など各界の名士を招いて選を要請。他の句会では見られぬカラーを創り上げた。落語界から三遊亭金馬、古今亭志ん生、桂枝太郎なども

昭和30年代、機司宅で開催された現代川柳社句座の様子。手前右から竹本瓢太郎、飛田瓢軽坊、2人の後方間に監修者の田中八洲志。

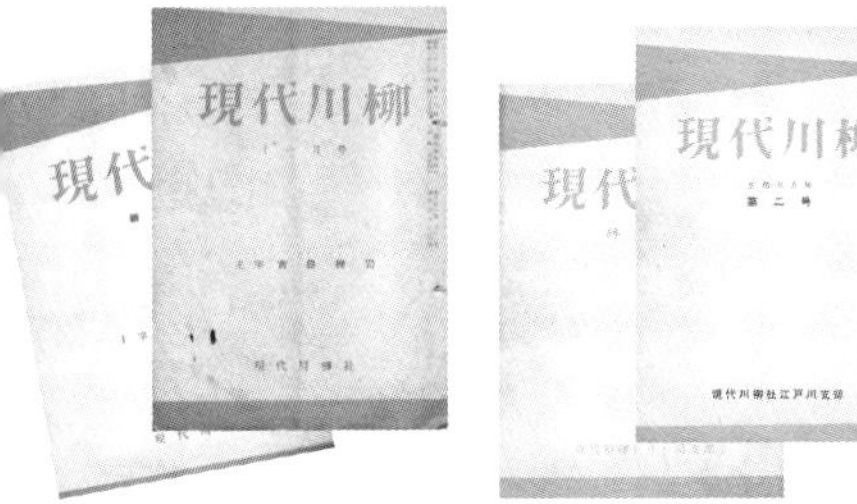

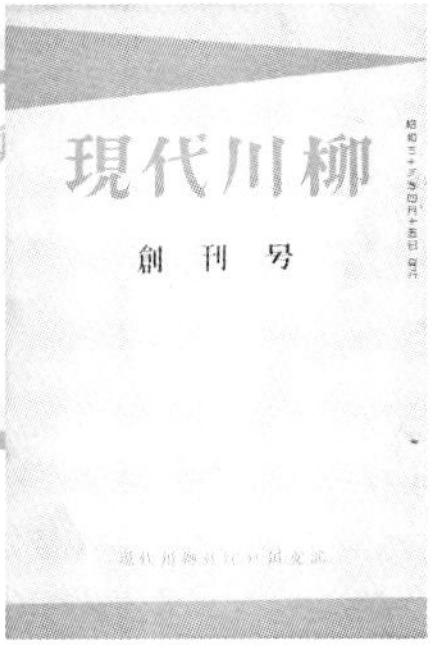

現代川柳社刊行「現代川柳」㊧と、現代川柳社江戸川支部発行「現代川柳」㊨。

昭和

参加。作句者というより指導者、川柳研究家の道を歩み、川柳人口の増加に腐心し、機司門から輩出した川柳家は500人余り。

29年　2月　東京都葛飾区鎌倉に分院開業、総合病院とする。

29年　7月　千葉県公安委員に就任。

30年　7月　『粋人随筆』刊行。

30年　10月　課題別五千句集『現代川柳』刊行。

30年　11月　『やぶいしゃの頭』刊行。

31年　6月　『ドクトル千一夜』刊行。

31年　7月　千葉県公安委員長となる。

31年　12月　川柳手児奈吟社を現代川柳社と改め、32年新年号より月刊「現代川柳」を発刊。

32年　5月　『いろは匂へど』刊行。

11月　市川市文化祭川柳大会を会費無料で開催。

33年　歌人でもある夫人の多輝子氏に川柳

昭和33年、熱海にて多輝子夫人と。

昭和33年の句会スナップ。竹田花川洞、加賀美四四坊（白英子）、正木十千棒などの姿も見られる。

㊤内外タイムス創刊八周年記念内外芸能祭。中央が機司。

㊦東京・赤坂弁慶橋にて吟行会の様子（昭和31年８月）

と短歌の共著出版の相談をする。

４月　現代川柳社江戸川支部による「現代川柳」江戸川支部創刊号刊行。表紙デザインは同一。

34年　11月３日　市川市市制25周年に際し、川柳文化に尽くした功績により感謝状を授与される。

12月　長年の激務がたたり病を得て「現代川柳」休刊となる。

35年　２月　脳溢血で倒れ、長期療養生活に入る。

12月　東京都葛飾区鎌倉に移転。

39年　７月16日　同自宅にて逝去。63歳。

40年　６月　夫人・多輝子と共著で遺句集『白玉楼』刊行。序文は草野心平。

41年　７月　三回忌に『続いろは匂へど』刊行。

45年　７月　七回忌に夫人・多輝子氏編で「川柳随想と選句集」刊行。序文は麻生磯次、冨士野鞍馬、松沢敏行。

昭和40年、機司の逝去から約1年後に刊行された多輝子夫人との共著「白玉樓」。表紙の装幀は杉浦非水。

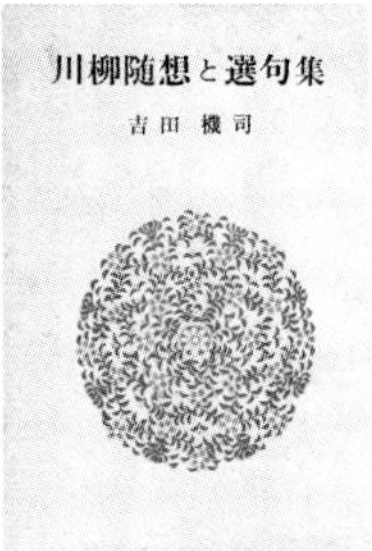

㊨機司七回忌に多輝子夫人編で刊行された「川柳随想と選句集」。

㊧機司の弟子で川柳新潮社主幹・松沢敏行により昭和54年11月「千葉柳界の礎石　吉田機司」が刊行された。

診療中の機司。

はじめに

昭和前半期の川柳史を語る時、六巨頭の話は出ても不思議と吉田機司師の話は出て来ない。機司師の川柳活動は、中興の祖・阪井久良伎師との出逢いから始まっている。機司師は久良伎師の住む千葉県市川市に居を構え病院を経営し、主治医として久良伎師の臨終の脈をとり見送った。徳川夢声・古川緑波・正岡容と主宰した「川柳祭」に始まり、多くの新聞や雑誌のペンを執り、その名選・名句評はジャーナリストから「機司の前に機司なし」と評されたことは有名な話である。またR・H・ブライスとの共著『世界の諷刺詩川柳』などの著書を多数残し、病院兼自宅の二階を句会場に開放、ここから五〇〇人を超える門下生が巣立ち、川柳普及に尽くしたのである。川柳と病院経営、あの立派な体躯も激務には勝てず、六十三歳の若さで帰らぬ人となったことが惜しまれる。

戦後の混乱期に皆が主役と川柳の大衆文芸化を叫び、学界、芸能界、地域社会に幅広く川柳を浸透させた機司師の功績を、今一度思い出してみる必要があると思う。

令和二年七月

田中 八洲志

資料協力：吉田憲司氏

吉田機司の川柳と随想 ■ 目次

吉田機司の川柳と随想

新婚も心中も居る熱海の灯

花束が来た日看護婦邪慳なり

虫の声篭に入れると金になり

スカートの下は日本人の足

温泉に公金らしい首が浮き

鍵穴の中を谷崎覗かせる

第一章

蛙の声

（雑詠より）

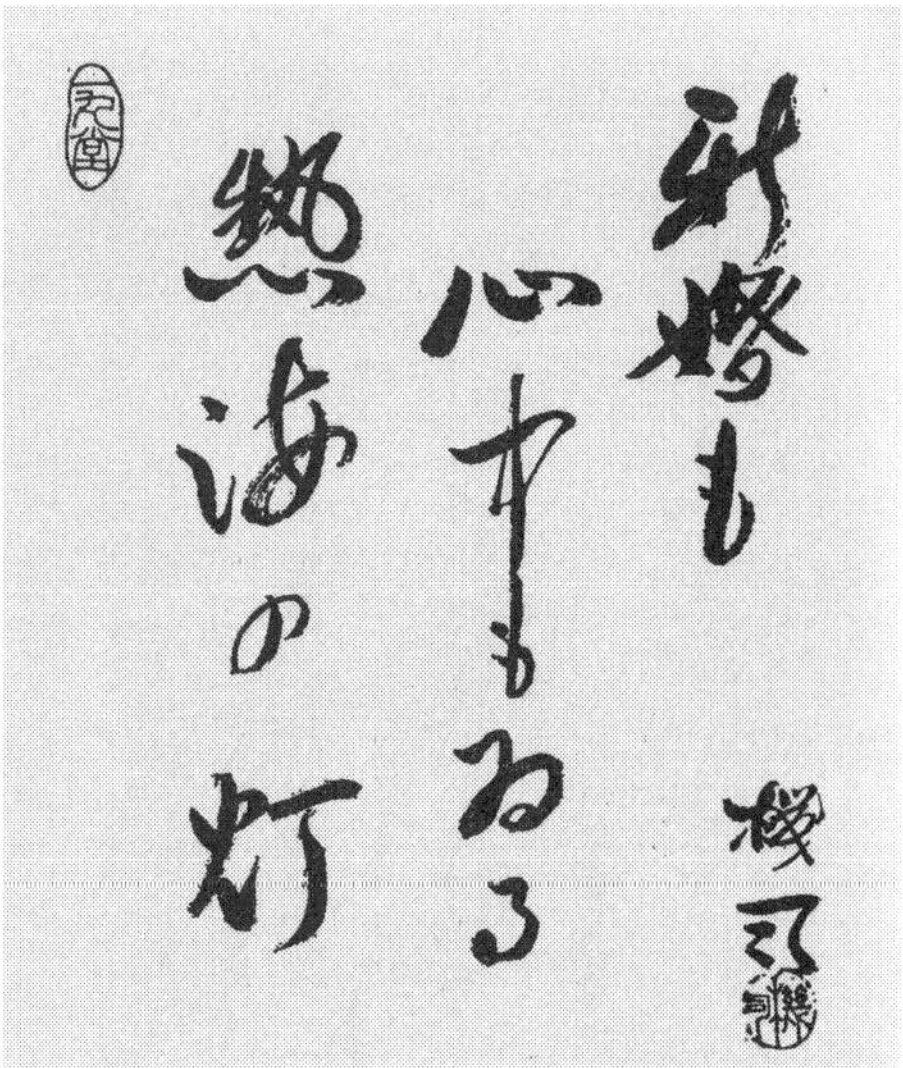

新婚も心中もいる熱海の灯　機司

江流の蛙の声も聞いている
（親友草野心平氏南京へ発つを送る）

恥かしさ中味忘れたのし袋
（栄転の伯父を上野駅に送る）

脈もとり懐も診る名医なり

川柳の味ひ方と作り方
（昭和22年）

滑稽味は川柳の特長である。絵画で言えば漫画であり、文学で言えばユーモア小説である。劇で言えば喜劇であり、十七文字に簡約された滑稽詩である。

（「川柳の滑稽味」）

一年の労苦上野の秋に咲き

無鑑査も大衆の目は掩われず

竹の台江戸の花見を写す秋

漱石は、名著「文学論」の中で、滑稽文学について「二つの材料を首尾よく繋ぎ合せ、この二つの間に思ひもよらぬ共通性によって、突飛な聯想が起る時にも滑稽感が生ずるものである」と言って、口合や頓才などについても詳述して居るが、川柳についてもこれが応用されている場合がかなりある。

（「川柳の滑稽味」）

ハイキングフイアンセやゝ世帯染み

パチンコで親指ばかり太くなり

歌留多会深水風や青児風

穿ちや諷刺の中にも、滑稽味を十分汲みとる事が出来るものである。従って、川柳は、社会への皮肉と嘲笑と冷罵の反逆児であると言う事が出来るのである。

（「川柳の滑稽味」）

質店の警察よりも眼《ガン》が利き

湯の町に出張もある女秘書

国鉄は遊べ遊べとビラを貼り

川柳にとっては、滑稽と穿ちとが最も重要な要素で、佳い川柳と云うものは、この滑稽味と皮肉とが、上手に合わさったものである。

そして、滑稽がすぎるとクスグリや悪ふざけとなり、穿ちがすぎると理屈や駄洒落となり、下品な狂句ともなる。この穿ちの巧拙が川柳の良否の岐れ路であり、川柳の味ともなるのである。

（「川柳の味」）

ふくらみを見せて水着の女居る

中山へ宗旨ちがいの人だかり

今日非番約束のある姫鏡

穿ちにも、同情や真実性、人情味や人間味の底流があってこそはじめて名句となるもので、ほんとうの川柳の味もそこから滲み出て来るのである。

（「川柳の味」）

貞操を守り通して早く老け

屠蘇気嫌父もやっぱり「お富さん」

柏手に花簪が少し揺れ

身は如何に繁雑な社会に生き、日々多忙の中に営々として居っても、心にゆとりを持って、泡沫に浮き沈みする人の世の姿に超越し、洒々落々たる心境にある事が、川柳の作句にも鑑賞にも肝要である事だけを附け加えておく。

（「洒々落々」）

大きさも親分という鏡餅

元旦の富士新聞に晴れている

縮緬の袖門松が邪魔になり

川柳には、格別の制約がなく、字数とか、格調にこだわる必要は勿論ないのだが、こう並べて比較して見ると、やはり、五七五調のものが、すんなりと、なだらかに読む者の耳に入って来る。従って、止むを得ないか、川柳を詠まんとする人は、それによってより滑稽や諷刺の力が強く表現される場合の外は、五七五の正格で詠む方がよいし、従って失敗の危険も少いと云う事にもなる。

（「川柳のすがた」）

鍵穴の中を谷崎覗かせる

五十万乗り降りをして日が暮れる

吟行と知らず女の寄って来る

（新宿吟行）

東北の訛花園町真昼

初詣今年は家があるように

芽を吹いたらしい男の年賀状

校服と別な晴着の裾さばき

当直の帰り春着の妓と出合い

税務署の奥の手という差し押さえ

戦に敗れて、打ちのめされ、沈んで、しめっぽくなって居る我々日本人に、下品な「クスグリ」や悪趣味の駄洒落でない、品のあるほゝえみを与えてくれる、川柳や、ユーモア文芸、喜劇や寄席芸術の速かなる復興が、今こそ最も必要であると私は思う。

（「日本社会側面史」）

また来たと考えている十二月

実家へ来た妻に風呂敷小さすぎ

孫の棒おそろしく見る菊の鉢

川柳祭

お祭りは、吾々の生活に、刺激と変化を与え、興味と休息をもたらす。「政」という字は、「マツリゴト」と読む。ほんとうの政治は、民生を豊かに、楽しくし、世の中を明るく、嬉しくさせる事である。国民をお祭の日の気持にさせる事である。

兵隊は一人も居ないし、軍艦や飛行機が一台もなくなった今の日本は、江戸時代とよく似て

神仏も商魂恵方のビラに見せ

雪山へ梅へと国鉄よく稼ぎ

ストリップ見学の名で議員来る

いる。これからは、江戸の人々と同じ気持で、川柳でも詠まなくてはどうにも仕方がない時代になった。

私共の生活に。刺激と変化、慰安と興味を与えてくれる「川柳祭」。さあ、これから、皆んなで、大いに歌って、ユーモアとウイット、諷刺と諧謔、一つこの世を洒落のめそうではないか。

（昭和21年11月「川柳祭」創刊号）

手内職他人の晴着に肩がこり

代議士を夢に描いて金を借り

路次野球バッターアンパイヤーも兼ね

この「川柳祭」は、兎に角、楽しい雑誌にして行きたいと思います。そして、今後はあらゆる方面の、その道の達人の思いのままの随筆と、川柳の研究と投句の、二本建てのものとして行きたい積りです。

（昭和21年11月「川柳祭」創刊号）

心中をすると小説よく売れる

（太宰治）

幹彦は天皇を書き喰いつなぎ

秋祭り小作の娘貴女のよう

川柳雑誌で用紙割当てを受けて居るのは、全国で四誌との事である。それに引き換え、俳句や短歌の雑誌は、三十誌以上用紙の配給を受けて居るように洩れ聞いて居る。又、「川柳祭」よりずっと読者の少ない俳句雑誌が三十二頁で用紙が本紙の八倍も割当てられて居る。

川柳誌同志が批判論難するようなことをやめて、大同団結、川柳誌協会の一日も早い誕生を念願する。

（昭和22年「川柳祭」八・九月号）

ミスポリス恋を囁く声もあり

古稀じゃまだ目の離されぬお爺さま

雄弁の伜田を売り畠を売り

職安の列いろいろの過去を持ち

葬列はほとけの蒔いた畠を過ぎ

三ヶ日女車掌も少し塗り

川柳は、人生・社会の走馬灯の一コマを捉えて、これを滑稽化し、寸鉄人を刺す諷刺を生命とするもので、しかもその裏に、常にペーソスを包蔵して居なければならない。それでなければ大衆の心を深く把握することが出来るものではない。而も、そのウイットもユーモアも、現状に満足しない川柳家自身の進歩的な思想のうちから生れなければならない。

（昭和23年「川柳祭」十月号）

仲見世で会った荷風は下駄を履き

雛買って明日の笑顔へ枕もと

一円の切手を見てる百年忌

（葛飾北斎百年記念）

川柳家は、現実の犀利な観察家であると同時に、思想家であり、たくましい社会批評家でありたい。

（昭和23年「川柳祭」十月号）

女医美人注射へ痛くない微笑

子はダンス親は田舎で麦を踏み

初場所はなんだかんだと目出度がり

川柳は、やはり風俗詩であり、批評詩であり、これらの蓄積は貴重な社会側面史となるだろうと言うことである。こういう川柳の在り方もあっていいのである。

（昭和23年「川柳祭」十二月号）

新婚も心中も居る熱海の灯

新婚は品川あたりから話し

湯河原に来て玉堂の秋にふれ

川柳祭の投句者は、どし〳〵ユーモアにとんだ、大衆から愛される諷刺川柳を作って戴きたい。その価値批判は、百年後の人がするのであるから。

（昭和23年「川柳祭」十二月号）

第二章

虫の声

（雑詠より）

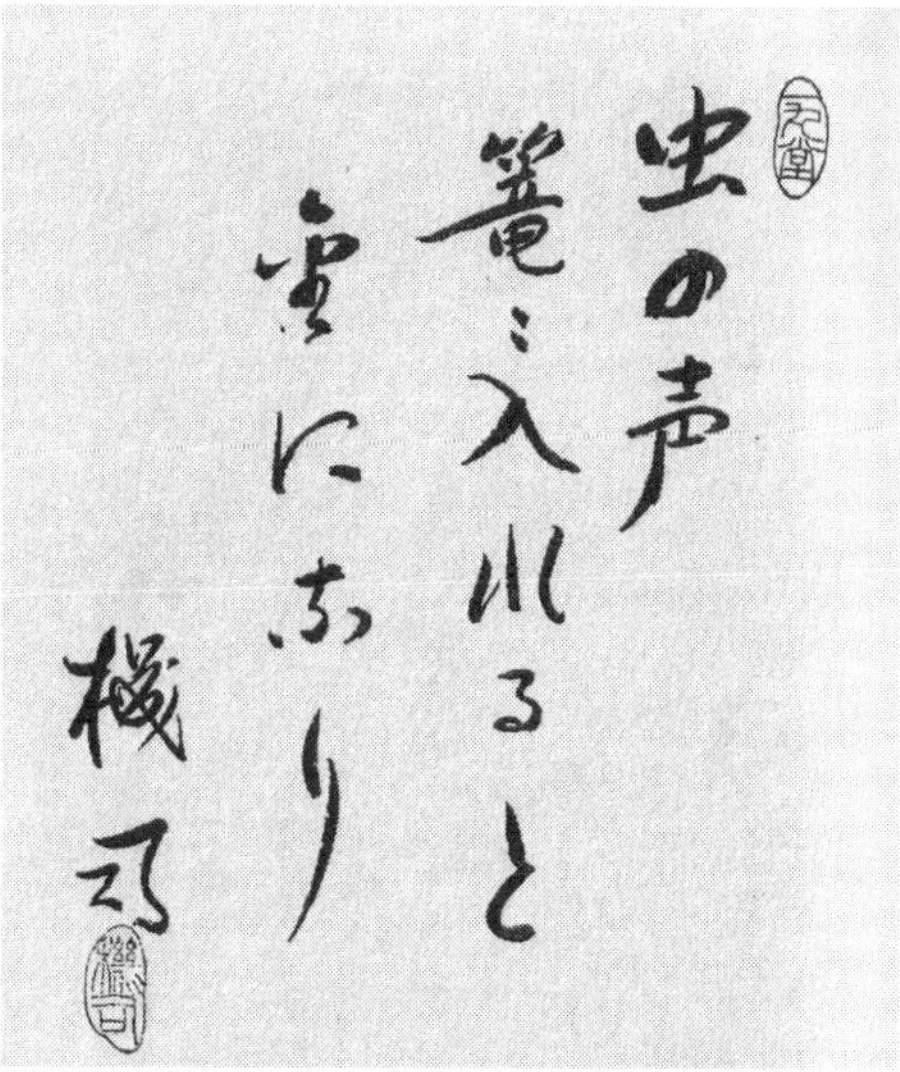

虫の声篭に入れると雪になり　機司

ホームスパン若い税吏の光る靴

首切って課長の囲う美しさ

花束が来た日看護婦邪慳なり

世界の諷刺詩川柳

（昭和25年）

川柳は、江戸という特殊の都会に発生して、そこで発達した都市文化であって、特定の文芸家でない一般の市井大衆によって作られた民衆文芸である。

（「日本国民性と川柳」）

二階借り手真似で夫婦喧嘩する

未亡人思い直して派手づくり

元旦の朝も救急車は走る

川柳は、笑の詩で、人生に愉しさを与える文芸である。劇でいえば喜劇であり、絵画であれば漫画であり、小説でいえばユーモア小説である。川柳は、十七文字に簡素化された滑稽詩である。

（「笑と川柳」）

初島田街を日本にしてくれる

初島田去年とちがう首の位置

書き初めへ家中の眼が寄ってくる

川柳は、愉《たの》しい文学である。なぜ愉しいかといえば、川柳は笑の文学だからで、人間にとって笑は愉しいことであるからである。

（「川柳の可笑味」）

嘘をつく土産は東京駅で買い

聴診器弘法灸をよけて当て

重態の部屋で看護婦塗っている

江戸の市井大衆は、人生を愉しくし、より豊かにするために、川柳を生んだ。江戸の川柳子は、人生のあらゆる出来事を素材とし、そのまゝ、逝きすぎる人生の小さな一コマを捉えて、ユーモアのめがねを透してこれを美化し、詩化した。

（「川柳の可笑味」）

折鶴の数退院の日が近い

優等で卒業をして軽い咳

喀血の背に刺青の変らない

古川柳における性問題の取り扱い方は、いかにも軽妙で、露骨な表現をさけて、遠廻しに匂わせたり、ほのめかしたりして、婉曲に、暗示的になっている。そして、これらの句には、譬喩《ひゆ》的技巧もすぐれて、人間性を巧みに捉えた名句が割合多い。

（「川柳の可笑味」）

青春がふくらんでいる海水着

火葬場で喪服の似合う美しさ

若い母来て父親に遠く居る

川柳の特質については、以前から、可笑味、軽味、穿ちの要素に分けて論じられて来たが、総体的にいって、川柳は人間の通有性を上手にうがって、人情の機微に触れ、それによって愉しい笑や快よい軽快味を与えるものであるから、穿ちは川柳表現の手段で、したがって、この穿ちは大なり小なりすべての川柳に存在しているということが出来る。

（「川柳の可笑味」）

相談欄男に不利な知恵をつけ

ときどきはスター亭主を替えてみる

虫の声篭へ入れると金になり

「穿《うが》ち」という言葉は、式亭三馬の「浮世風呂」などで見ると、単に物事を精細に観察するという意味に用いられているが、川柳の方では、警抜な着眼によって、蔽われたベールを透して、内蔵する本質的なものを見極め、これを暴露するといったやや強い意味を持つものである。

（「川柳の可笑味」）

盆踊りタンゴとなって抱いている

失業のあした釣具を出してみる

親子ほどちがう宿帳妻と書き

川柳は、人間の自然の姿を見ようとする。人間生活において、自然性がいかに現れているかを見ようとする。世の人々はさま〴〵の職業や身分によって、思い〳〵の生活をし、顔かたちのちがうように、みなちがったことを考え、異った行を繰り返しているが、その中で何が最も自然の形で、どれが真実であるかをみようとする。

（「川柳の可笑味」）

麗人の淑女のと娘を家出させ

上野駅スキーに行く娘家出の娘

世智辛さ福は内だけ撒いておき

善悪というも、それは、人間及び人間の行為の表面に貼られたレッテルにすぎない。そういう商標をはぎとって、その人物の真情、その行為の真実性を深く探った内容を表現しているのが古川柳には尠くない。人生の真実性に触れることは人間にとって、決して不愉快ではない。したがって、これらの真実味を表現している句は、また、ユーモア文藝としての使命を果している。

（「川柳の可笑味」）

ハイヒール村へ帰って母となり

初孫へ雛背負って来る雪の道

父の夢大きく浮かぶ鯉のぼり

これら十七文字の表現するところ、人間の真実性、人心の奥底を衝き、加えて軽い微笑を呼ぶ軽快味は、川柳にして初めて描き得るところ、他の文学ではとてもかようには参らない。

（「川柳の可笑味」）

屋台の灯帰れば妻の手内職

朝帰り家計へひゞく音を立て

手術衣を着ると先生肉屋めき

川柳は、そのまま逝《ゆ》き過ぎる人間生活の断片を、複雑な世相の中から捉えて、これを巧みに美化して詩化し、そこに人間性を鮮かに活写するものである。古川柳の中には、天然自然の風物を単純に写した写生句といわれるものも中々多く、この点からすれば、川柳は、クロッキーやデッサン、日本の古い北画や南画とよく似たところがある。

（「川柳の可笑味」）

一年の労苦懸崖秋を占め

人生のスタートに居る貸衣装

ボーナスが出てからきまる餅の数

血圧を知って保険屋遠ざかり

背にスキー銀座を散歩して帰り

湿るものみんな湿って細い雨

初代川柳が今様風として鼓吹したものは、人間の真実性を深く掘り下げて、人間生活の機微に触れ、情合《じょうあい》や同情のような人情味を盛って、人間至美の醍醐味を味わおうとしたことであった。即ち、初代川柳はこれら人情味のある句を勝句として多く選んだのである。そして、こ

開襟で来る住職の気さくすぎ

お椀まで宝物にある宗吾堂

江戸の夢見せて宗吾の桜散る

れが、任侠の風を尚《たっと》び、五月鯉《さつきごい》のように「口さきばかりはらわたはなし」で、向う意気は無精《むしょう》に強いが、情にもろい江戸ッ子の気風に合致し、全幅的に常時の江戸人の嗜好に投じたのである。

（「川柳の可笑味」）

焚火の輪海女夏やせに遠い肌

海女ある日竜宮城に行った夢

海女溜り今何時かと怒鳴られる

（海女三句）

元来、浄瑠璃や歌舞伎は義理との関係において人情を扱っているし、人情本は恋愛の情を中心にして、読本《よみほん》、合巻《ごうかん》などは道義的に色づけられた人情を主材としているが、川柳においては義理や見栄にしばられない、人間そのまゝの人情美をあつかい、そこに人生のペーソスへの同情と憐憫《れんびん》とを盛ったのである。

（「川柳の可笑味」）

紅唇の知性あわれなサングラス

白桃のようでアトリエはかどらず

山登り肺をきれいにして帰り

川柳の特質とするところは、美は美とし、醜は醜として受け入れ、人間本来の姿を見ようとし、人生の本質に鋭どいメスを加えようとしていることであり、川柳の態度は客観的傍観的で、ある理想の下に現実を解釈するのではなく、現実の世界に立脚して虚心坦懐に人間性の探求を目指していることである。

（「むすび」）

夫婦風呂ハテ気にかゝる音がする

豪遊の主は雲助めいた奴

病中吟より

祖父《じい》さんになる産ぶ声の素晴らしさ

（初孫誕生）

川柳を作る時のモチーフは、人間性や人生の観察であるが、それを表現する時には、その人物なり事象に対する先入主、すなわち読者の、その人物なり事柄に対する知識を透して感情に訴えなければならないので、どうしても理智的となる。正岡子規は「川柳は理屈だ」と言ったが、機智とか穿ちというものは

目高より鯨になれと名をつける

南洋の風もはらんで五月鯉

矢車の音さわやかに五月鯉

理性的のものなので、それは仕方がない。

しかし、数多い古川柳の中には、われ〳〵の視覚、聴覚、嗅覚、味覚、触覚、といった五官器に直接に訴え、又は、感ぜしめるような、理智をぬきにしたふんわりとした快よい感覚をおぼえさせるものがないでもない。

（「川柳の可笑味」）

戦後風俗詩

祝吟

冨士晴れて
もれてと人を
手を振り

後司

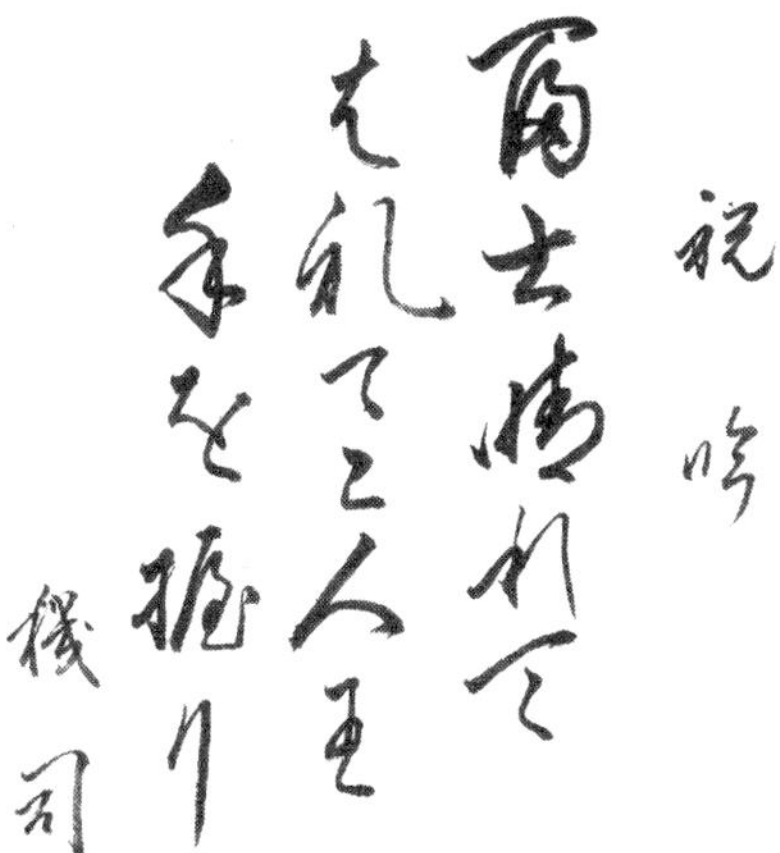

さあ出直しだ出直しだと初日の出

メチールじゃないねと屠蘇へ念を押し

鼻などで吟味しながら闇の酒

川柳随想と選句集（昭和45年）

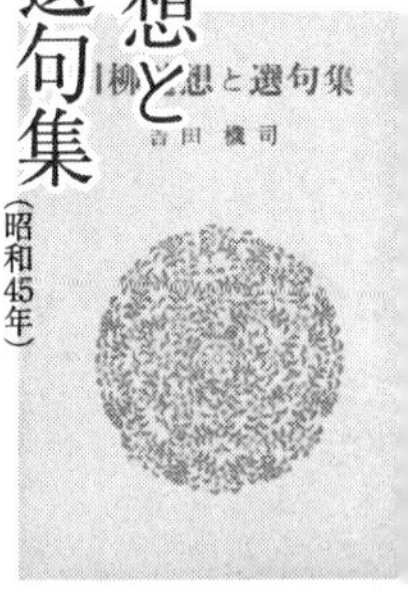

現在のような世智辛い世の中では、趣味と生活との両立はなかなかむずかしい。しかし人間には物の面ばかりでは満足出来兼ねる人もある。精神的の喜びを得ようとして趣味に打ち込みすぎると生活がおびやかされるし、そうでないと芸の上達が期せられないとなると、これはまた困ったものである。

（昭和29年3月「芸の道」）

「豊年だ万作じゃ」と甘藷ばかり

豊葦原ナイルの米やモロコシ粉

田吾作が先生になる立候補

戦後間もなくのころだった。やはり久良伎先生の弟子で、作家の正岡容君が秋田の疎開地から市川に帰ってきた。なんかで夢声老と緑波さんと四人で会ったとき、占領軍がいて見るもの聞くものが癪にさわり、それかといってどうにもならない。まあ、一つ川柳でも作ろうやということになって、「川柳祭」という雑誌を三年ばかりやったが、めんどうくさくなってよしてしまった。

（昭和32年1月「私と川柳」）

解散というダンビラを首相持ち

爺さんの肌着アロハの成れの果て

太腿に白粉を塗り子を育て

われわれが日常愛誦している古川柳は、当時の各界の一流人で、しかも一流の川柳家でもあった。柳亭種彦、十返舎一九、葛飾北斎、市川三升などの句ではなく、無名の江戸の市井人の作である。その意味で、私は、詩性派や川柳専門家の句より、大衆を対象とする一般投句者の句に大きな関心をもつ。

（昭和32年1月「私と川柳」）

休戦をしてから鳩を星に変え

赤い旗担ぎ委員長の夢

殖えるものホテル古着屋ラーメン屋

どぶろくを振舞い村会立候補

言いかたもあろう議会の日本語

竹島へどっちでもいゝ初日の出

十三の春手をとって立たせられ

代議士の価新円五十万

新憲法離婚結婚御意のまま

詩や俳句の方でも、このごろは「現代詩の難解性」や、「わかり易い俳句」ということが問題になっているそうだ。知性の基盤が問題なのだと言ってしまえばそれまでかも知れないが、それにしても、川柳が自分たちのグループや、専門川柳家たちよりほかには分からないようなものではどうかと思われる。

（昭和32年2月「庶民文芸としての川柳」）

アナタハン若しやと思い位牌見る

クイズのない夕刊だけが売れ残り

パンイングリッシュッ豪華な身の廻り

私たちが、いま名句として愛誦している古川柳は、文学的素養など全くない江戸の市井の庶民たちによって作られたものです。こういう点から考えると、川柳は日本であれば誰にでも、すぐできるものだと言うことが出来るのではないでしょうか。ということは、川柳は日本の民族性格の表現であるからだと私は思うのですよ。

（昭和32年3月「川柳人口」）

一票へ平素疎遠の賀状来る

白足袋の大臣の泥も一年目

（吉田茂元首相）

その内に病気税まで取られそう

原子弾竹槍に勝って民主主義

隼《はやぶさ》が鍋釜になる馬鹿らしさ

（隼は戦闘機の名）

未帰還の家へも講和音頭の音

売喰いは先ず母のから見立てられ

女みな孕んで戦後一年目

闇米の騰貴農家の夢多彩

川柳を作る人は、歌や俳句を作る人よりその数が遙かに少ないが、川柳が好きでこれを読む人の数は、短歌や俳句のそれとは比較にならないほど多いとも言われる。こういうことも、やはり川柳が日本人の性格の発露であるためではないだろうか。

（昭和32年3月「川柳人口」）

エロ雑誌売れて婦人科よく流行り

役人が案内をする裏口屋

役得がつもりつもって胃潰瘍

一本立ちの川柳家となるまでには、長い時間と絶えざる試練が要ることは、他の芸事と同じで、ことに十年二十年後までのこる佳句や、後世に伝わるほどの名句を生むことは、なみたいていの苦労ではない。

（昭和32年3月「川柳人口」）

立候補うちの米櫃どうなさる

監獄を天国にして新憲法

一人では泊めぬホテルの増えること

料飲の休み官吏の夜長かな

議事堂に欠配らしい顔はなし

米の値にふれてリンタク不愛想

闇の女に㊣はなし

りんごの気持よく判ってても高すぎる

豊葦原瑞穂の国や粉で生き

川柳のような、大衆が大衆を対象として作る庶民文芸というものは、他の美術や文学と趣を異にし、なるべく多くの人に、上手下手は別にして作っていただくことが肝要なのである。というのは、川柳を作ることによって、川柳を最もよく理解し鑑賞するという結果にもなるからである。例えば、じっさいにボールを握って野球をやった人が、野球を最も深く理解し、最もよく鑑賞できるということと同じである。

（昭和32年3月「川柳人口」）

正直の頭に飢餓の宿る春

いゝ薬出来てラク町繁昌し

女ゆえ資本の要らぬ生きる道

　俳句や川柳の母である連歌や俳諧の発生や発達から見ると、遊びの文芸、一種の社交文芸としての要素はたしかにあった。
　もちろん、現代の短詩型文学は、そうであっていいはずはない。個性の創造やその表現にたくましい意欲をもって創作活動をすべきではあろうが、なんせ、生れが生れなので、そういう要素がいつまでも残っている。これが歌会であり、句会である。そして、私はこれあるが故に愉しいのであるといいいたい。

（昭和32年8月「吟行」）

ストをやるたんびピンポン巧くなり

税務署を恐れ門松小さく立て

税務署の方へ人魂今日も飛び

（庶民重税に喘ぐ）

同好の士が数人、数十人集まって、歌を作ってたのしみ合うようなことをする民族が、いま世界中のどこにいるだろうかと考えて、私はひとりでうれしくなることがある。

（昭和32年8月「吟行」）

馬鹿らしさ大蔵省の五銭札

同権は亭主に似ない子を産ませ

公約の大風呂敷は穴だらけ

帰還船もしやと思う差し向かい

夏時間南瓜の棚の吊りどころ

新憲法儲け頭は川田順

自然諷詠を主とする俳句とちがって、庶民の生活詩である川柳は、直接、庶民生活の中に溶け込んでいかなければならない。

（昭和32年8月「吟行」）

日の丸の白地だんだん狭くなり

代議士の賀状何やら小さい字

参謀は負けた話で飯を喰い

江戸の昔、市井の庶民大衆によって詠まれた川柳は、江戸の街の風物や、当時の風俗や習慣をなんの飾りやいつわりもなしにそのまま再現してくれるので、それらを研究するものにとってはたいへん貴重なものとされている。私たちの吟行も、百年後に、なにかの役割を果すかも知れない。

（昭和32年8月「吟行」）

地球儀の色分け十年前と今

シベリヤの父に似てくる身体つき

再軍備今日もラジオの尋ね人

父知らぬ子へ手内職五年過ぎ

浅草寺こんど焼けない堂を建て

よくもまあ嘘ばっかりと古新聞

社会科の実習すぎて妊娠し

喰いものがいゝので日比谷座リンクめき

値上げより出来ぬ政府のたのもしさ

もともと噺家には、川柳の好きな人が多く、このごろは坊野寿山さんのきもいりで、落語家の川柳会ができ、なかなかさかんのようである。また、小勝、小さん、枝太郎師匠たちも、ときどきわれわれの句会に顔をみせるが、川柳家としても、どうして、立派なものである。ユーモアや人情の機微を捉える話術家として、川柳家と相通じるものがあるせいだろう。

（昭和33年4月「落語と川柳」）

銀ブラで会った女警は和服なり

一斉検査妊婦の腹も撫でられる

表紙絵の女行儀を悪く居る

落語の方では、「表へ出ますと、ぽつぽつ雨が降り出した」といってはだめで、「さようなら」といって表へ出てすこし歩いたこなしをしてから、空を見上げ、「やってきやがったな」、これでお客さんには、雨に聞えるようにならなければいけません。私はこの話を（註：三遊亭金馬から）聞いたとき、やはり、落語も川柳も同じだな、と思った。

（昭和33年4月「落語と川柳」）

ほめられた子の数今の物価高

初詣今年は税がさがるよう

抱擁の毒気にお堀の松は枯れ

原爆の話停電の豆ランプ

一票に愛想のいゝ田圃道

華やかな夢で家出の着く上野

北斎は北斎漫画十五篇に書きつくせない、徳川時代の階級制度に対する鬱憤や、当時の社会層に対し、川柳によって諧謔諷刺をとばし、身辺のあらゆるものを軽く洒落のめしてしまったのである。

（昭和15年8月「葛飾北斎と川柳」）

青い目の人形もいた雛の店

税務署を真似てママゴト紙を貼り

鋤鍬もいらず上野で米が獲れ

北斎の川柳は彼の絵画作品における構図構想と同様、奇想奇抜多種多様であり、なかなか面白い句が多い。川柳の号は卍である。

阪井久良伎先生も、北斎は川柳人としても、実に偉人であるが、時代的環境が悪かった為に、狂句臭が多いのは遺憾である。しかし狂句人としては、北斎は当時第一人者であると言っている。

（昭和15年8月「葛飾北斎と川柳」）

敗戦記実話へ少し筆を入れ

原爆で拾い税吏に絞められる

峠茶屋落選のビラ褪せている

基準法田植歌には手が延びず

四畳半同権という膝枕

チャンネルへ寄席とジャズとが折り合わず

膝までは押して漁師の妻怒鳴り　いさむ

夫と子の船出を送り出す漁師の妻の海浜風景をじっに写実的に、うまく表現している。私は情景句として、これほどすぐれた句はみたことがない。この句には動きがあり、スピードもある。そして音声の響きがあり、しかも情愛のこもった高らかな叫びがある。この句の生命は決して短かくはないと思う。

（昭和45年「川柳随想と選句集」句評より）

スカートの下は日本人の足

芸術祭漬物祭に古着祭

坐り込む経費も額の中に入れ

アル中のはらはらさせて字は達者　　繁司

もし、現代医事川柳句集を編むとしたら、必ず挙げられていい句である。それほど、この句は、慢性アルコール中毒患者の症状を遺憾なく言い尽している のである。医者でない作者がど

担ぎ屋にお願いのある初詣

かぶりつき乱れる裾にある魅力

狭き門教師の家を飢えさせず

うしてこんな適切な、しかも、正確な観察ができるかと、全く不思議に思ったほどである。作者は永い間療養生活にあるので、いつの間にかこんなことを実際に見聞きしたのかもしれない。

（昭和45年「川柳随想と選句集」句評より）

松葉杖客を眠らす名調子

温泉に公金らしい首が浮き

賠償へやっと見つけた世界地図

極楽がきれい荷風の気に入らず　乱蝶

昭和三十四年四月三十日、巨星永井荷風、市川市の陋屋で、血を吐いて、独り寂しく六十九歳の人生の幕をとじ、その生前の奇行奇癖をジャーナリズムは

上か下かどちらでもいゝ絵が流行り

マイシンが出来パスが出来家を売り

年賀状まず番号を控えさせ
（お年玉つき年賀はがき売り出さる）

筆をそろえて書き立てた。私は同日、検視医として駆けつけ、その居間、寝室など、生前そのままの姿で直接にみたので、この句は特に感銘が深い。そしてこの句は文学史上後世まで残るようにしたいものである。
（昭和45年「川柳随想と選句集」句評より）

吉田多輝子夫人の功績

多輝子夫人は、夫の短命を歎き、機司師の死後間もなく、インドのお釈迦様の聖地を二度も巡り、そこで多輝子夫人の半生を大きく変える出来事があった。お釈迦様の聖地の一つ、サンチーに行った時、スリランカ生まれのバーナガラ・ウパティッサという高僧に出逢ったことをきっかけに、スリランカに日本式の幼児教育の導入を思い立った。ウパティッサ氏の助けを受けて、約三十年間に十七の幼稚園を作り、園児たちを我が子のように愛し、学校には「もみじの手あわせ見上ぐる児らの目よ今朝のランカの朝の空」の短歌を刻んだ石碑が建てられている。

市川市の自宅前にて

永年スリランカの幼児教育に尽くした功績により、スリランカ最高のランジャナ勲章を大統領より授与され、また、二〇〇八年八月十六日には、スリランカで過去一〇〇年間に最も貢献した外国人女性に対する感謝の気持ちを表す意味で、多輝子夫人の肖像記念切手が発行された。

多輝子夫人像が描かれた封筒と記念切手。

川柳研究家吉田機司師が川柳不毛の地と言われた千葉県に川柳王国と言われる基礎を築いたように、多輝子夫人もスリランカに幼児教育の基礎を築いたのであった。機司師の早世とは別に、九十三歳の天命を全うした。

㊧ランジャナ勲章を付けた肖像記念切手の原版。
㊨スリランカの園児を抱いて。

あとがき

吉田機司師のことが近年忘れられつつあることに心を痛めていたが、師の次男・吉田憲司氏と新葉館出版の竹田麻衣子氏の協力により纏めることが出来た。

機司師が、川柳中興の祖と称された阪井久良伎翁の門を叩いたのは、昭和十一年秋頃の事であったと聞く。以来、市川真間駅前で開業医をしながら古川柳研究を続けていた。晩年の久良伎翁の主治医でもあったが、手厚い看護の甲斐もなく昭和二十年四月、七十七歳の生涯を見届ける結果となった。空襲のサイレンを耳にしながらの事であったそうである。

終戦を機に古川柳から猛然と大衆へ向けての活動をはじめ、徳川夢声、古川緑波、正岡容を同人とする「川柳祭」を創刊したが、惜しくも二十四年に同誌は廃刊となった。だが、機司師は多くのマスコミ川柳欄に携わり、「川柳の味ひ方と作り方」「世界の諷刺詩川柳」「粋人随筆」「現代川柳五千句集」「やぶいしゃの頭」「いろは匂へど」などの名著を世に出し続けた。

川柳界では川柳手児奈吟社から現代川柳社へと改称する中で、編集同人に杉田憲治、楠田匡介、古谷五迷亭、松沢敏行、鈴木比佐緒、中林遙司など十余名が揃い、帯広、城南、江戸川、川崎、横浜、千葉、鳥取、延岡など北海道から九州まで全国に支部が生まれた。中でも一風変わったのが城南支部で、句会に落語家がぞろりと並んでおり、当時話題となっていた。

「現代川柳」誌の巻頭は、その時代を代表する川柳作家や大学教授が毎号を飾っていた。そこには、椙元紋太、大谷五花村、前田伍健、濱夢助、高須唖三味、冨士野鞍馬、西島〇丸、山本卓三太、吉川亜人、榎田竹林、伊古田伊太古、石曽根民郎、山路閑古、麻生磯次等、オールスターの名が並ぶ。

隆盛に向かっていた現代川柳社であったが、機司師亡き後、同誌は廃刊になった。もし時間をかけて吟社が成長できたならば番傘、ふあうすと、きやり等と肩を並べる規模になっていただろう。

機司師亡きあとは、松沢敏行氏が川柳新潮社を創設し、現在も七月の機司忌を毎年きっちり行なっている。江戸川支部は鈴木比佐緒、小谷源氏、八洲志で川柳江戸川吟社として独立、今や創設同人は私一人になった。

師の名が聞こえなくなった今日を捨て置くままでは済まないと思いペンを執らせてもらったが、昭和川柳史には吉田機司という偉大な川柳家がいたのだと心に残していただければ幸いである。

令和二年六月吉日

田中　八洲志

【監修者略歴】

田中八洲志（たなか・やすし）

昭和24年　俳句から川柳に転向、
　28年吉田機司主催、川柳
　手児奈吟社に入門
昭和32年　川柳江戸を小谷源氏等と創立、現顧問
昭和48年　川柳向島を鳥山曳舟氏と創立、現顧問
昭和53年　川柳かつしか吟社同人、現会長
昭和54年　葛飾川柳連盟創立、現会長
昭和63年　東都川柳長屋連入居、差配、大家を歴任
平成14年　川柳人協会　川柳文化賞受賞
平成16年　川柳人協会　副会長を経て名誉会員
平成25年　全日本川柳協会第九回功労賞受賞
平成27年　東京都葛飾区文化功労賞受賞

著書に、「川柳作家全集 田中八洲志」、「川柳作家ベストコレクション 田中八洲志」。

川柳ベストコレクション
吉田機司の川柳と随想
○
2020年 7 月19日　初　版
監　修
田 中 八 洲 志
発行人
松　岡　恭　子
発行所
新 葉 館 出 版
大阪市東成区玉津1丁目9-16 4F　〒537-0023
TEL06-4259-3777㈹　FAX06-4259-3888
https://shinyokan.jp/
○
定価はカバーに表示してあります。

ISBN978-4-8237-1027-8